短歌研究文庫

永井陽子歌集

『モーツァルトの電話帳』その他

#《シャープ》

石川美南 編

永井陽子歌集 ＃ ＊目次

モーツァルトの電話帳（完本）

凡例

一、収録にあたっては『永井陽子全歌集』（青幻舎）を底本に、各単行本歌集を参考にしました。著者の慣用とおもわれる表記を尊重し、明らかに誤用・誤植と判断されるもの以外は底本に従いました。

モーツァルトの電話帳（完本）

一九九三年十一月十五日発行。河出書房新社刊。
四六判・上製・百七十六頁。
短歌百八十首、エッセイ一篇を収録。

モーツァルトの

⇦

あまでうすあまでうすとぞ打ち鳴らす豊後《ぶんご》の秋のおほ瑠璃《るり》の鐘

イタリア語のやうなひかりを持て来たる冬の郵便配達人は

海のむかうにさくらは咲くや春の夜のフィガロよフィガロさびしいフィガロ

今宵うらみごとを言ふチェロ　わたくしは向かひあって聞いてやる
夏雲を置き去りにしてザルツブルクの宮廷楽長はいづこへ行きしや
ひまはりのたねをわけあふ坂のうへパッヘルベルのカノンが流れ

ゆふさりのひかりのやうな電話帳たづさへ来たりモーツァルトは

あ
い
う
え
お

赤とんぼきらめき飛べるひとの世の外界《げかい》がほどの時間がありき

秋の陽をかばんに詰めて帰り来るをとこひとりと暮らすもよけれ

あさがほの種と真夏のひかりとを閉ぢ込めならべ置くガラス壜

悪しき言語もつやつやと輝《て》る季節来てひひらぎ族がかへす陽光

新しい赤い更紗《さらさ》のスカートをひるがへす風どもの無作法

「あらず、これには別に故あり」鷗外のゆゆしき言葉聞く秋の夜

青桐《あをぎり》の下にたれかを待ちながら土曜日はひまさうな自転車

いつの日か告げたきはただ銀箔のやうなこころよゆふなみ千鳥

いづこへと男らは座を移せしや　瓶子《へいし》の酒も冷えてゆくなり

宇宙へと口のみ開けてたれさがりてんでだらしのないこひのぼり

打ち水や　かんかん帽の白秋が阿蘭陀《おらんだ》書房より出でてくる

馬にでも喰はれてしまへ　呵呵呵呵と笑ひ大屋根を越えてゆく雲

生まれくる風やはらかい2Bの芽が出はじめるえんぴつ畑

運悪く梅雨の日本へ渡り来しかのソプラノの歌手もねむらむ

叡山は頑固な山といふ会話『虞美人草《ぐびじんさう》』の冒頭にあり

エジソンの竹より作るフィラメントへ思ひはおよぶ合歓の咲くころ

落ちてくる寛永通宝　大空に男は夢を描くといへど

鬼のごとし定家が言へる己が文字世俗を記して折れ曲がるなり

おのづから意識の外をうつりゆく月光《ひかり》ありブランデーグラスもねむる

大雨が空を洗ひてのちのこと芭蕉がまたしても旅に出る

か き く け こ

⇦

風がリラを鳴らす太古のゆふぐれをおもひて地下の通路抜けたり

かたはらにひとありひとの息吹ありさりとて暗しこの夕月夜

鎌足《かまたり》が皐月《さつき》の空へ蹴上げたる鞠《まり》はけやきの木にひっかかり

からーんと晴れた空にひばりのこゑもせずねむたさうな遮断機

ガラスに息を吹きかけて描きまた消せばさびしへのへのもへじも傘も

聞いてごらん　さやさや水が流れゐる竹の内部のゆふやみの音

休館のうすくらがりの天井へさまよひのぼるゴッホのひばり

休日の人らそぞろに歩きゆくその先は無がひろごる都会

北向きの廊下のすみに立たされて冬のうたなどうたへる箒

きっぱりと人に伝へてかなしみは折半せよと風が吹くなり

着流して荷車を曳く龍之介ある日は見たり梅雨明くるころ

黄のカンナ赤いカンナと咲き継げば夜に入りて解く『邪宗門』秘話

嫌はれてゐるやもしれずしかれどもグラジオラスは丈たかき花

樟《くす》の木の影も動かず大学にしづかな夏の空白があり

癖とは言へどなんと背丈の高い文字背のびしてゐる文字 *VIA AIR MAIL*

ケシ坊主・ネギ坊主ほそき手をつなぎ列なしてみなうたうたふ夜

月光を浴《あ》みて一夜さしづくするがらくた置場のロッキングチェアー

元禄の紗のかかりたるやうな空　御殿医《ごてんい》どのも午睡の時刻

この秋のささやかな楽　中世のマドリガーレ集そのⅠ・そのⅡ

こめかみにひとすぢの銀ありしこと愛《かな》しみなればながく忘れず

こんな夜美術館の前に佇《た》つてゐると背後より大山猫が来るぞ

さしすせそ

⇦

さびさびと雲の辺に照るあかねいろ人を腐《くさ》してのち見上げたり

さびしければ凩のひと吹きごとに揺れ春のひかりのなかのガガンボ

さみどりの翳をまとひて男坂来るびいどろ師びいどろの夢

さやさやさやさあやさやさやげにさやと竹林はひとりの少女を匿す
猿どもはまばゆき初夏の陽を浴《あ》みてゐるぞひねもす仕事などせず
しかれども野武士のごとき男など好きにはなれず空を見上ぐる

十人殺せば深まるみどり百人殺せばしたたるみどり安土のみどり

石楠花《しやくなげ》のはなのスカーフ　スカーフのなかにて花は憎しみをらむ

しらなみをふたすぢみすぢ岸に立てあふみのうみはガラスの海や

信ずるも信じ得ざるもかなしけれ古いフレスコ画のやうな一日

人生の折り目をただす真夜中のアイロンかけはたのしきものぞ

すずかけがざわざわさわさわぎ世の中へうはさを流すすずろなる日や

するすると「の」の字がのびて宙天をさがりくるさまゆめみて候

少女はたちまちウサギになり金魚になる電話ボックスの陽だまり

セーターを洗って干せば風が来てほそくかがやくかひなを通す

セザンヌのリンゴや瓶や玉葱も息をしてゐるしづかな聖夜

千五百番、春秋、老若、艶書、謎、うたを合はする民族の裔《えい》

栓抜きが枝にかけられ揺れてゐるゆくあてのなきこころのやうに

卒塔婆《そたふば》が手持ちぶさたに佇《た》ってゐるだあれも居ない冬の陽だまり

そっとしておけ　八十八夜は字が老ける言葉が老ける背中が老ける

そのむかし京に都のありしころ……こころに挿頭《かざ》すゆふがほのはな

そはヤマトタケルにあらずや鶴嘴《つるはし》をかつぎかろがろ歩み去りたり

たちつてと

⇦

「大航海時代」の語のみいきいきと前をゆく男ふたりの話

竹伐りに入りゆく男ひんやりと風は流れてその背も消えぬ

たそがれの都は夢を見るところ盗人どももまどろみゐたり

縦にむすび横にむすびてまたほどけ雲の遊戯は果てもなかりき

たれもあらぬに空の群青さや鳴れり青いんげんを炒めてをれば

タンポポのお酒を飲めばしらしらと夜が明け夏の休日が明け

地下街へ散りくるさくらばなのことギュスターブ・モローの絵のことそして……

ちちと鳴きあはれ狂へる色彩に呑み込まれゆくゴッホのひばり

中世の花のもとなる車座をたれかは見たるゆふおぼろ月

月がすこし欠けてゐることひそひそとぬすびとはぎのこゑがすること

つつしんで人を惑はす詩《うた》うたふひと日さながら鯰《なまづ》のごとく

つばさ持つものかもしれぬに馬はみな〈馬〉の活字に閉ぢ込められて

椽《つるばみ》にぶらさがりゐる蓑虫が「あ、いや、しばらく」などともの言ふ

超過密都市がやうやくねむるころ鵲《かささぎ》のおしゃべりも止みゆく

手に触れて『漱石全集』より落つるいづれの秋の名残りの紅葉

どうにもならぬことは捨て置き一夕を聴きに行くかのエリック・サティ

どどどどと風が吹く日の塔頭《たっちゅう》にカケスがうたふたけやぶやけた

どぶねずみどもが酔ふたるいきほひで師走の街に言ふ一揆論

土曜日はガラスの中のペンギンを見にゆくみんな帽子をかぶり

曇日のなぞなぞ遊び繰り返す子らのこゑやがてばけもののこゑ

なにぬねの

長き首抱きたかりしを白鳥が去りたるのちの空のうすべに

夏雲が城下に置いてゆきしもの寄り添ひ堀に浮きゐるSWAN

夏空のほとほとかたき群青も食ひつくすべし鵯《ひよ》の悪食

某《なにがし》といふ僧も娶《めと》りてタンポポがほよほよ風に吹かれてをりぬ

なにせうぞ　諸国の虫が集まりて水辺に開くホタルサミット

なにとなうわたくしはただねむたくてねむたくて聞く軒の雨だれ

「にはとこの花のお茶とを飲みました」十八世紀の馬車でゆく旅

にはとりは昔はもっと小さかったよそして気ままに空を飛んだよ

荷を解けばあかき南蛮人形がころがり出づる昼のたたみに

ぬけぬけと春の畳に寝てゐたり御伽草子の長者のごとく

盗っ人*1*と盗っ人*2*との出番にて書き割りの木もざわざわ笑ふ

葱泥棒ねぎのしづくを落としゆきそのひとしづくづつがひかるよ

葱坊主ほうほうたふ何ごともなけれど揺れてほうほうたふ

ねむりたいわたしがねむりたい楡《にれ》にもたれてをりぬ夕かたまけて

軒先へ法師蟬来てをしいをしいほんにをしいとつらつら鳴けり

のこのことファゴットの音歩みゆきまたかへりくる二百十日を

野末まで気強く吹きてくづほるる風のすがたかたちを吾が見き

はひふへほ

⇦

働かぬ人馬などなし　つつしみて昔を語るメイプルトゥリー

Pa・*Pa*・*Pa*・*Pa*・*Pa*　パパゲーノ様がほしいのは……夏雲たかき街にきく歌

はりはりと藍鳴り出づる秋天に天女は琵琶を弾かざらめやも

坂東はおそろしき土地犬までが甲冑《かつちう》を着けもの申すなり

比叡山おばけ屋敷はいまもあそこにあるのだらうか　なう　白雲よ

ひっそりとひたひの熱をさましゆくラムネのやうな風ありしかな

人づてに出国のこと聞きたれば軒に吊して捨ておくクルミ

ひとよ茸《たけ》ランプを見たりひとよ茸ランプはものを想ひて灯る

ひまはりのアンダルシアはとほけれどとほけれどアンダルシアのひまはり

百年のちのベルリンへ人は出発し日が暮れて読む『鷗外百話』

陽や月や星のひかりが地上へと射すやうにうたうたふ日々あり

仏壇の久遠堂《くをんだう》とぞゆふぐれはほのかに春のひかりを灯し

表札がすこしゆがんでゐることもあてどなき春風のいたづら

碧天《へきてん》を震撼せしめ　信長の罵詈雑言《ばりざふごん》の一オクターブ

ベルナール・ビュッフェが描く葱または葱状のとげとげしき緑

「ベルリンの都に来ぬ」と言ふ人の文章もまたたそがれゆきぬ

ボスポラス海峡を見に行くはなしゆふぐれの大楡にもたれて

ホルトの木見つけ揚々引きあぐる平賀源内　紀州は五月

ほんたうはすこしだけひと恋しいと言ふてみたきを秋の笹の葉

ぼんやりとかぼちゃの色の月のぼりココリコ時計店に夜が来る

まみむめも

まだあをきぶだうの房へ手を伸ばすにんげんのげにをさなき姿

待ち合はす南大門に雨降ればくるぶしが寒さうな仁王よ

松茸は見て過ぐるもの柿は木に輝《て》るもの　秋のものぐさ太郎

窓に息吹きかけ月や星や木を描きつつこよひ老いゆくうさぎ

ままよ　ひとり帽子も靴もぶかぶかと〈赤いはりねずみ〉へ行くブラームス

みのむしみのむし高き天より垂れさがり揺れてゐるこの国の中庸

みみづくのやうなものがほうと息吐く楽屋口のくらがり

明朝の活字しくしく見てをれば歩きはじめる〈葡萄耳人《ぽるとがるじん》〉

無造作に鉄砲百合が立ってゐるほんにをさない思ひ出ながら

虫の音が絶えたる伊那のゆふぐれはひと恋しげな風が吹くなり

むつかしきこと人が言ふ日やさりながら桐の新芽のうすみどりいろ

妙にあかるきガラスのむかう砂丘よりラクダなど来てゐるやもしれぬ

めぐり来る閏《うるふ》の年のことなどを語尾やはらかにひとは語らひ

目を閉ぢてエレベーターに運ばるるまことしづかな時間の中を

メンデルスゾーンの鯨の骨の指揮棒が尾を引きて空飛び去りにけり

ものがたりのうちそとに吹くつややかな風をおもひて葉月は過ぎぬ

森の人オランウータン　もともとはあんなさはやかな歩行であった

や
ゆ
よ

やたら打ちもみぢまぜ打ち流れ打ち鉦太鼓《かねたいこ》にも意志のある夜ぞ

やはらかき肉やはらかき骨を好む日々海賊の世紀も過ぎて

行《ゆ》けるはずもなけれど　メキシコの〈バッタのゐる丘〉といふ公園

弓削《ゆげ》といふ姓が往路にいかめしくもろ手をひろげ立ちふさがりぬ

ゆつたりと空を泳げる銀の鯉見しかな都市はさながら無音

ゆふさればシャワーなど浴び酒を呑む筑波山麓四六の蝦蟇《がま》も

ゆふぞらに颪の太郎がひろげゆくあかがねいろの大風呂敷は

ゆゑありて冬のさなかに思ひ出す法師ほふしと鳴く蟬のこと

夜明けまで〈妖怪的大提琴〉がねむりてゐたるなのはなの海

欲望をかくす手だてを考へなさいレンブラントの帽子のやうに

よこしまな思ひつまびく夜のリュート　楽市楽座に人はさざめき

夜ごと背をまるめて辞書をひくうちに本当に梟になってしまふぞ

や　ゆ　よ

四つ目垣　大徳寺垣　大津垣　竹をめぐりて竹の語に逢ふ

ら り る れ ろ ⇦

落書きは空にするべし少年が素手もて描く少女の名前

量感のゆたかにあをき海原を飛べるオホミヅナギドリよカモメよ

龍之介の好みは鰤《ぶり》の照り焼きとおもひ出しつつ寒し　元旦

留守番電話に吹き込まれたる鳥たちのこゑ甘酸《あます》ゆき風のこゑなど

るるるる……と呼べどもいづれかの国へ出かけてモーツァルトは不在

れんげさう咲き満つる星までをゆく特別列車運転日誌

ロビーにも射す月あかり立ったままダビデの像は目を閉ぢねむる

わゐ

ゑを

わけもなく日の暮れに火を焚きながらおもふ官女の生活その他

わたくしにモンドリアンの生姜《しやうが》壺《つぼ》……のやうなものひとつください

わづかなよろこびあれば他人を責めがたし今日あさがほがはじめて咲けり

嗤《わら》ひをるあの白雲め天と地のつっかひ棒をはづしてしまへ

輪をなせる記憶の底ひほそほそと雨に濡れゐるやぐるまさうは

亥《ゐ》の刻はまつりのをはり　天上へ雲のうづしほ逆巻きかへす

酔《ゑ》ひたれば関八州は暮れがたの火のしましまや風のだんだら

をとこよもぎ男葡萄に男郎花《をとこへし》めめしきものに男の名をば付し

ん

んがんがといつまでつづくものがたり風吹きすさぶ東国の夜を

㈢ 電話帳

⇦

キラキラ星変奏曲がながれくる空の秘めごと　大曲星《おほまがりぼし》

建築はこほれる音楽などといふこと東洋にふさはしからず

さあれそのボッケリーニのチェロソナタ聴きたし終日降り込められて

十八世紀の雲　さう　白雲《しらくも》　都市の上《へ》に*p*《ピアノ》がふたつ*f*《フォルテ》がみっつ

東洋のれんげあかりのゆふぐれにモーツァルトは疲れてゐたり

箒《はうき》の木ほきほきほきほきと天を指しのびてゆくほきほきほきと鳴りつつ

むかしむかしの木のこゑ風のこゑひそとしづけし木管四重奏曲

〈*Information*〉

とある夕刻、街角の電話ボックスから五十音別の電話帳が一冊消えた。持って行ったのは、(一部始終を見ていた者がいないので定かではないけれど)髪をきれいにカールした背のひくい男だったという。
なんでも、男は最初、電話帳を手に取ってめずらしげにめくっていたのだが、何を思ったのか、やがてそれを小脇にかかえると、たちまち街の雑踏にまぎれてしまったらしい。

*

夜おそくホテルに着いた。疲れていた。
家に伝言が入っているかもしれない。受話器を取り上げ、0発信にする。数回の呼出音ののち、自分の声が聞こえてくる。

「はい、永井です。出かけておりますので、お急ぎの方は……」

自分の声がこのホテルの電話番号を言っている。

（愛想のない声だな……）

ピッという音。あわてて暗証番号を押す。

＃１７５６＃

「ゼロです」

無機質な声が答えて、ピッピッピッピッ。あとは無音になってしまった。だれも電話しなかったらしい。

受話器をおろす。

疲れきっていた。東京は疲れる。人に会うことは疲れる。

音楽が聞きたい。ほんの数分だけでいい。モーツァルトの曲が聞きたい。でも、ウォークマンは置いてきてしまった。しかたなくソファーに座り込む。

そのまま少しねむったらしい。

「――」

かすかに何か聞こえるような気がして目を覚ました。そう、さっき、留守番電話の声のむこうに音楽が流れていたっけ。

疲れた指先でもう一度番号を押してみる。

「はい、永井です。出かけておりますので……」

聞こえてくる。自分の声の背後から、かすかに聞こえてくる。……トルコ行進曲。

（そういえば、CDをかけたままだった。きのう、出かける前にメッセージを録音した時……）

受話器をにぎりしめる。

ピッ。

#1756#

（モーツァルトの生年をプッシュホンの暗証番号にしたのは、なんだか死んでしまいたい夜だった）

「ゼロです」

（わかってるってば）

ピッピピッピッ。

すかさず巻き戻しのナンバーを押す。ふたたび自分の声、いや、自分の声の背後にながれている「トルコ行進曲」を聞く。ほんの数小節だけ。かすかなかすかな音。

こころがしずかになっていく。


深夜、東京のホテルの一室。

まるで虚空から一滴の真水を掬い取ろうとするかのように、私は家の留守番電話に偶然吹き込まれていた「トルコ行進曲」を、プッシュホンのリモコンで巻き戻しては巻き戻しては、何度も聞いた。

そして、少しずつ、昼間の疲れをわすれていった。

そんなことがあってから、時々おかしな気持ちになる。

私が私と話す。電話しているのは今日の私。応答するのはきのうの私。今日の私がきのうの私と話す。今日の私が、遠くからきのうの私の声を聞く。

もしある夜、どこかの街で私が死んでしまっても、そうとは知らずだれかが電話して、私の声とながれている音楽とを聞くだろう。そして、何か伝言を入れておいてくれるにちがいない。

「お電話ください」

「そのうち行くよ」

ってな調子で。


私が死んでも、部屋に電話が放置され、番号が生きているかぎり、私の分身はこの世に残り続けるのではないか。百年たっても二百年たっても、街を歩いていたその日のままに生き生きと。

そんなふうにして聞いてみたい声がある。モーツァルトの声、漱石や鷗外の声、芥川龍之介の声、藤原鎌足の声、セザンヌの声。一度でいい。深夜そっと電話して聞いてみたいと思う。

どこかに*Information*のぎっしり詰まった電話帳が一冊くらいあるのではないか。モーツァルト家のNo.、漱石先生のNo.、安土城天守閣の内線No.、定家卿宅のNo.。ページを繰るうちこころが自然にやさしくなり、小鳥の声が聞こえてくる電話帳。二百年まえの街の音を聞くことのできる電話帳。

そう、ゆうさりのひかりのような電話帳。

＊

その後、消えた電話帳のゆくえは杳としてわからないが、しずかな夕刻など、電話ボックスからかすかに木管四重奏曲がながれてくるのを、街の何人かのひとは聞いたという。

なよたけ拾遺（抄）

一九七八年七月一日発行。短歌人会刊。
B5判変型・並製・百七十六頁。
短歌三百四十七首（物語に付された四首を含む）、
物語四篇、評論一篇を収録。
一九七八年度第四回現代歌人集会賞受賞。

なよたけ拾遺

いつの世の昔語りの竹の里　をさなきひとのまみに照る月

いさよひの月掻きいだく手のなかにひとのやうなる影あるばかり

人ひとり恋ふるかなしみならずとも夜ごとかそかにそよぐなよたけ

わがかげをわれらたがひに見失ふ野にほうほうと春を呼ぶこゑ

身をやつしこころをやつしうつそみのひとを愛すと笛天に吹く

つゆぞらをひたすら踏んで去る土足はなあぢさゐの夢さめやすし

それよりは人棲まぬくに幾重にも汝れのゆくてをとざすなつぐも

天のひと髪梳くあさをふるさとのかぜもさやさやかなしみわたれ

はろばろと天をよこぎり来る車　ひとつのおもひ越えさりがたし

I

さくらながれて

逝く父をとほくおもへる耳底にさくらながれてながれてやまぬ

山羊の見し風やもしれぬ喉もとにしみとほるときしんとさびしき

朝霧のしづくの野辺に残されて人間くさし鬼の親指

形代のやがて生身となるまでをいちまいの刃のごとき風吹け

たれを待つまたは待たるるゆふぐれの風の底なる耳冷ゆるとも

川原の闇に掌をきずつけぬやう鬼のくれたるあをほたる草

糸杉のながるる谷に一足の沓をあがなひ鬼族といふ

あをうまは卯月の風をくぐりぬけ風芯に灯をともしてゆけり

等身

たましひのほのあかりなす天までを音なくあゆむ父の素足が

かぎりあるいのちのあさをたわみつつ海のひかりはかへる　海へと

つゑつきて石の舗道をいづかたへ父は去るとも満天のほし

さみどりの黄泉のみづかげふりかへりふりかへりゆく父は旅人

星降るはなんとさびしいふるさとの朱の飯茶碗墓石に置く

星つぶてふりしきる夜のうなばらを父の帽子が飛ぶやもしれず

樵来る道

麦の穂のさやさや鳴れるまひるまに陽の糸車まはすは誰ぞ

警報機鳴るやもしれぬうつし世のさくらのやみのにほふばかりを

I

傷をもつ腕といへどほうほうと樵来る道春あるばかり

麦の中のいうれい

旅人に時計は重し　みはるかすひとみのそこに火のまちがある

月光にもえたつ石の世界より汝れは来たりき掌のないままに

ひとの世のなにか永遠なる神もまた草木を食むとすこし笑へり

あさあけのみどりのもやを身にまとひまだ消えのこる麦の中のいうれい

大きな扉背後にあるを意識して旅の歯ブラシ手ばやく洗ふ

花柄のテーブルクロスのみ白しすべてのひとところへだたる

盗人と呼ばれてゐれば迷はずに花を盗みにゆくゆふつかた

うつそみのひとを愛さず春の夜の伽藍のほとけ盗みにゆかむ

うみに咲くはな

ゆふぐれに櫛をひろへりゆふぐれの櫛はわたしにひろはれしのみ

このごろは秘密のおほきたなごころひらいてねむる睡蓮の夜を

石段の背後へ落つるほしひとつふたつほのかににほふなつくさ

いっぽん足　されど背中をひからせてもみぢの渓へ入りてゆきたり

鬼の面はづしてみればあはあはとひかりあひつつうみに咲くはな

I

みみづくもめだかもかめもくすの木も月のしづくのくにへとかへれ

てのひらの骨のやうなる二分音符夜ごと春めくかぜが鳴らせり

風の説話

むかしをとこ　耳石といふを持てり　耳にあつれば
風のなかなるひとのこゑ聞こゆ

なづな
なづな
なづなの花の
さやなみの

I

湧く言葉耳底に痛し山の端を光らせ尖らせ風吹きさわぐ

鳥にあらねど魚にあらねど陽に触れてゐるは恥しき春のひと日を

風の首とらへてみたし　なづな畑へひろごる円にわたしも囚はれ

月明のなんぞさびしき眉のひとやはらかすぎて抱きしめられぬ

汝　呼吸《いき》するものにてあれば呼吸果つるまで逢はざらむその風のこゑ

千年を経て届きたる月光《つきかげ》が耳の空洞ひたひたと打つ

耳石　風の音のみ伝ふとなむ

をとこ　女を得ることあたはざりき　それよりのち

木霊

木々はいま濡れてゐたるか耳もたぬあまのじゃくにもさやさや木霊

踏みつけて踏みつけられて帰り来るそのくつのみが月光に濡れ

背後より木霊は汝れを呼びかへしうばひてゆきぬ稚きこころを

乗り集ふをとこらの首翳るころ此岸への舟ゆるゆる渡せ

なだらかに明日へとつづく橋を断つそのみなかみに鶴は燃ゆるも

II

けものが服を着た！

わたくしの父にはあらず男ゐて静脈のなかゆふべあかるむ

帰り来てまづ掌を洗ふならはしのこころやさしいけものとおもふ

燃ゆる石　星飛ぶ湖に反りかへる魚類・けだもの　内耳幻想

正装のそれぞれの四肢にほひつつはなやぐ路上　けものが服を着た！

とほき世の風を見しとや木馬来て傷ある手足やはらかに嚙む

生まれ来るもののかなしさ満つる掌に人あやめたき夜の木苺

火を見しとおもふ一瞬裸神来てやはらかな耳盗み去りたり

いだきあふ胸板に花あかる夜の童子はくらい瞳をしてゐたる

座せば人なべていのちを落とすとぞ長椅子は夜のひかりにまみれ

耳よ、白衣を着て歩け

方形はうつくしすぎるふるさとに墓石いくつ並べても父よ

そこだけがそんなに青くやさしいのなら耳よ、白衣を着て歩け

血族のくらい抱擁の夜のごとくマリンバを打つ撲たるる樫の木

たとへば魚・草木・鳥・火・男踏歌仮象のもののうつくしき夜

しほからとんぼ羊水ふかく孵る夜はあなうらの骨もすこしはなやぐ

生き物の瞳孔に灯をともしつつふるさと霜夜白馬黒馬

わたくしを呼ぶ父やもしれず両耳を歩ますほどの月あかりなり

傷口をつとあかるませふるさとの無数のほたる千の掌が撲つ

掌を撲てば闇にこぼるるほたる火のそれよりのちを人の妻なる

黄蝶

人去れば額ぶちの中の角を持つ牛馬がひどくうつくしかりき

たれの名も呼ぶなよ冬の谷そこに黄蝶を撲てばさやぐかなしみ

体液をことごとく吐き落ちゆけるねむりのよるの酢の波のおと

ほほ骨を刃物のやうな月光に削がれてこごむ仏陀ならずや

そのうすき気管に風があたるゆゑ生きてゐる冬の夜のきりぎりす

父のこと父にたづぬる母のこと母にたづぬる夜の茱萸の実

子を抱きあらき野振りの火を抱きて生きてゐるよとほい日のなかまたち

とこやみのくにのものがたりより

I

まぼろしはそらよりきたる身にうすきいのちのやうな言語をまとひ

萩のはなこぼるるままにめぐりあふ兄よあなたの背の水時計

ここはどこのくにたそがれの穂が見えて　やみ　饐えにほふ木々とまじはる

II

やみに棲めばわれらひたすらこのくにの月の夜ごとに書くものがたり

火のまつりいづこにかあるしんしんと耳底の石は研れゆくなり

すべてやみすべて無音のたなそこの炎ゆる石もて両耳を切る

照りみちて雲の奈落へ落つるまで彼岸中日秋ゆふつかた

うつそみのわれらねむれる月の窓手足なくして夢よりかへる

III

風景のなかの風景として父は死す　否、あたたかく生きて立つ魂

夜をきしみ雪をはこびてゆく汽車へ仏陀も耳をひらきてゐたり

かたくなに人語をこばみ来し耳がいま早暁のみどりに痛む

地のみどり満身に浴み生き継げとしづかに父の消ゆる暁闇

たんぽぽの酒

あれはいつあれはたれほのひかる繭さくらあかりの海を流れて

いちばん好きなフルートソナタ汝が胸のひかりに透けて夭木《わかぎ》は炎ゆる

木の背後つとゆふあかりするゆゑにうさぎのやうに抱きあひたり

こころまでひさぐにあらぬ月の夜の輪切りにされてびろびろのレモン

みそぎとはこころひそかにそむくこと素足を濡らし朝のつゆ踏む

ワイシャツのたてじまながく地を染むる刻を早春のまなかにあれど

緑陰

神のこゑほの聞きしかと出でてゆく朝　遮断機は空よりおりる

ブラウスも髪もわが身もけぶり透くこのみどり人殺めしみどり

花みづき手折ればおもふ父の背へなだるるばかり五月群青

賽の目はふくらみはじめ　ひとの世の無常へつづくみどりの谷間

邪鬼の見たもの

かそかみづおと森の土偶のくらき眉こほれるをいま風はとくらむ

手に耳につゆくさいろのしづくして生れしかな　春　森のトロール

おとづるるねむりの季節妖精の羽根に雪積み暮れかかる天

流れ来る人葬りうた宙心に花咲くはゆめとはにゆめなる

静脈

息すればゆふべはあつき春の雪千手の母の胸に積むかな

父は天にわたくしは地にねむる夜の内耳のあをい骨ふるへつつ

たれを想ひそむるにあらず落陽をこばみ一瞬まばゆき稲穂

石と化す夜ごと耳底にひろごれる碧海《うみ》より生れよ埴輪の少女

その夜ふけ　とある陶工の墓石に指一本が供へられたり

りんりんとおのが痛みに光れとぞ星座のました直立の斧

仲秋のそらいちまいの群青にわが骨はみな折れてしまふよ

人を撲ちそのまま熱き掌で閉ざす大門のむかう夕朱雲は

方形の耳持つをとこたちへ

しんとゆふくらむまで竹生ふるまで父は抱きをりやはきけものを

かごめかごめうるしもみぢの輪の底ひちひさき鬼は眸を閉ぢてゐる

この湖は星寄せの湖さくねんの死者の数だけとんぼが孵る

なんぞなんぞ風吹くなんぞ山里を一生《ひとよ》出でざるをとこ紙漉く

たんぽぽはひとのことばを話す花をとこの素足近づき来たる

木の実鳴る鳴る鳴れ木の実秋の日はつるべのやうに落ちゆくものぞ

火の樹木　火のみづ　火雲　そを抱く火の腕のきずふるさとのきず

血をつなぐ死者とたたずむ夕月夜方形の耳持つをとこたち

III

瑞垣

青葉なすみ垣のうちにひろごれるゆめなれや石の人石の馬

その杜の石の鳥居をくぐりぬけをさなき指に来し赤とんぼ

すこし丈おほきくなりてかへり来る背すぢにしんとにほふ夏草

研ぎをへし刃先へ夏の陽をこぼち頭上に鳴れる樟の木父の木

血のにじむ山ぎは荒き風たてば垂直にただなだるる星座

とほき世を生きしものはも斎場のゆふべのゆめに開きしあふひ

さくら石さくらをしづめ菊石は菊をしづめてねぶりゆく杜

耳のないうさぎ目のないみみづくも千草の花も露にぬれゐむ

秋の助動詞

ものがたり秋にはじまる脈拍の不連続音聞きしか君は

けさたちし秋風の野に透明なメトロノームはひかるとおもふ

紺碧の空より落つる水輪にとらへられもう動けぬ魚類

秋雨にこの朝濡れしこぎつねのやはらかき尾が萩をこぼせり

わが背後ひそとつけくるものあれば山の木の葉は色づきはじむ

かのひとの胸深かりきうちつけにこころを染むる秋の助動詞

生きものが通りし道はひかるとぞ告ぐるこゑあり霜降る夜に

ふるさとの木の実の満つる闇を閉ぢゆふつけ鳥よおまへもねぶれ

魔性の笛

野の疼きつたへて過ぐる風の底閉ぢ込められて魔性の笛は
生れしことまぐはひしこと雪の夜の歯車あをくしづかに燃えて
うつむきてひとつの愛を告ぐるときそのレモンほどうすい気管支

春の夜に逢へば鳴る骨それよりもなほとほくちちははの骨鳴る

人柱見ゆるあかときこひびとよねぶるなよねぶらばとらはれてしまふ

貝殻山の貝殻の木が月光に濡れてゐることだれにも言ふな

羽根のはえた挽歌

月光にまなこをぬかれ耳削がれ変化のものよわれに寄り来よ

穴の眸はなにを見たるや月明の土偶よ汝れも少女なりし日

石の耳しづくしてゐる朝あけの原野に醒めてさびしい土偶

天心をながるる箒の木よ母よ地にあればわれら歌ふ旋頭歌

傷のこるうなじを熱く撲ちしかば白鳥星座燃え落つる夜

ひっそりとその名を呼びしことなどもわすれよう　竹を伐るをとこたち

葬り歌汝が背を越えて流れゆきかがよへよ芒　千年の後も

火と土の伝承

その秘密告げず野に吸ふたんぽぽのにがき茎など知りそむる季

よろづ世の鬼神を祀るこの家の長男長女菜の花博打

怨念の満ち満つる空打ち崩す爆竹　草もそよぎはじめぬ

手に振るはそれぞれの武器悪霊と呼ばるるものもこよひはなやぐ

呪詛多しされど生きねばならぬ首あかあか染めて火の輪をくぐれ

ひとがたに薙ぎ倒されし青草のにほへるあたり風はたちつつ

人をあやめこころくるはすまぼろしの言語は満てり秋の果実に

彼岸花何千と咲く廃村の石もて打てり己が眼窩を

耳底の木研ぐ夜はうすく上弦の月ありひそと動物のこゑ

遠つ世の荒きまつりのあとなれやなほしたしたと血のにほふ森

家々のよろづの神も去りしなむ無数の足袋の焼かれてゐたる

「吾妻はや」ゆめのさなかに呼びかへし瑠璃色の壺土につらなる

人の血のいろかとおもふゆふやけの語彙しづめつつわたるかりがね

火を持てばほのかに見ゆる血族のながきねぶりのわが村を閉づ

湖多き国

そらの喪へひそかにふくす麦秋のこころの底を流れゆく耳

をさなくて闇の底なる鳥笛もただよひ聞けり湖多き国

ゆきといふにもそれぞれちがふ母国語をいだく橋上水燃えしきる

あめつちのかひなに抱かれしんしんとたれをかなしむ野のゆきうさぎ

魔法いいえ生身の水の精あまたかがよひゆけり祈る背後を

婚姻をひそやかに終へ新月の魚類は空へのぼりゆくかな

虹

ふるさとの郵便受けに流れ来る銀河　しんしん針の森あり

さくらばな鬼の面よりさはさはとあふれて積もるさらば眠らん

水は水にそむく……こころをひそやかに鳴らして過ぎぬ夕虹の街

まみどりなりき

胸板がガラスのやうに光るゆゑ向きあへぬ　ポプラ真夏のポプラ

抱かれぬそのことのみを意志として立つ　夏木立倒れてきたる

にんげんの血が流るると知りし日の耳には耳のかなしみがある

鳥の一族

つばさがほしい人間が棲み鳥が棲むこの家のめぐり菜の花ばかり

生くることすこし知りそめちちははと肉を食ぶる夜　鳥の一族

図書館を出でむとするにさみだれは薄刃のやうにわが胸へ降る

稲穂ひかる道を来たればさやさやと何のこゑ　明日は生きてをらぬぞ

方眼紙買ひにゆく　窓も屋根も月も方形にしてねぶれざる夜半

かかやきてみじかく生きしものありと黄泉の青竹ひとふし光れ

樟の木のうた（抄）

一九八三年八月一日発行。短歌新聞社刊。
Ａ５判変型・並製・百八十四頁。
短歌二百八十首を収録。解説・春日井建。

I

ぶだう食めば

ぶだう食めば九月の空よいつともなく冷えゆく一所はつかにむらさき

土佐にも新秋《にひあき》くるころかたづねゆかむに日月《じつげつ》の実はつらなりて鳴る

君を謀りながら待たせてみたきこと今日雲の量かぞふるこころ

ひとはルドンの植物に似てしをしをと青紫蘇の葉を食みて笑へり

夕野分だつ法起寺の塔までを草の名花の名あひおぎなへり

夕陽の方《かた》へ流すあてやかな麒麟の首も染めてさびしき秋のモザイク

天かりしおのれ自身をやうやくにゆるし開《あ》きゆく輪唱の輪が

夕空竹箒

蛇口よりあふるるみづが光りをりひと日を生きてかへり来し掌に

「旅の日のモーツァルト」を買ふ街に陽はやはらかく暮れなむとする

きつねのごんよここは日暮れのだまし坂木の実草の実汝が尾もひかる

てのひらにたれかさかさまに立ててゐる夕空竹箒秋に見しもの

秋から冬へ窓のガラスも杳みゆきとほく聞こえてくる移調奏

そこに売らるる塩一壜をいちにちの清潔として歩みかへれり

大津絵

首を折り人はしづかに祈りきる日光月光日の暮るる寺

大津絵の鬼に背中をたたかれぬ叩かれた背がいつまでもさびし

今生のいのちをしづめ佇《た》ちつくす弥勒の髪や月光の髪

敷石に置く足がつと空《くう》を踏み陥ちゆく刻《とき》ぞ月はうつろふ

月光をいらかがかへす夜なりき出窓の秤かすかにふるひ

竹刀

汝は冬われはほそほそ山羊鳴ける水惑星の春に生まれし

剣道着解かず寄り来て髪に触れ汗のにほひを移してゆきぬ

たはむれにかぶせくれたる面頬の汗くさき闇もあたたかかりき

どしやぶりの傘の宇宙はかぎろひてほたるのやうな唇《くち》を重ねし

少年は明るく笑ひ病身にかかへてゆけり光る竹刀を

人をゆるせぬ石の胸なり長身に添ひ歩む夜の木膚のあかり

闇へ投げ出す竹刀のごとき両腕にあかがねの血は折れてめぐるよ

れんげ図鑑

こなごなのひとの魂ほどれんげさうどこにも咲けるふるさとなりき

棺に入るるならば野の花春の花れんげ図鑑はわがために買ふ

土くれの味のするまでくちびるを嚙みしむるここは三日月菜畑

六月祓あをき樫

生きながら狂ひゆかむか春に打つでれんでれんのどんどろ太鼓

近づけばつと闇の奥に消えさうなさくらのむかう誰か焚く火や

けふひと日生れしもの死にしもの呼びかはす日没の山燃えてゐたりき

まなこ閉づればものの やはらぐ空間に春の雪降る故郷へ雪降る

みづびたしの天を歩みてかへりゆく父の背のすぢにほふ樟の木

I

をとこたちは竹を伐りしやゆく河の朝のひかりが胸へ折れ来る

愛ありされど纖《ほそ》き月光夜のよもぎこの世のよもぎ君は摘みにし

たづね来たれば六月祓あをき樫ここはひとりのひと在る古京

むかし近江にみやこ造りし者ありとさみどりのなかにひとは語れど

影

鶴一簇しづかに燃ゆるひとはねむり草木も耳を閉づる世界に

身をこごめ掬はむとせし瓶のみづが蕭蕭と天へのぼりゆくなり

己が影に歩み入りまた歩み出で卯月身の丈しづめかねつる

子供たちが夏の路上に描きし樹樹月光を浴みそよぎはじめぬ

橋上を過ぐるこころぞ解かれよとわが影を先に歩ませてやる

つどひ来て死者も生者も風が描くこの輪をくぐれ樟のさみどり

あぢさゐのゆたかな闇に待ちをれば人はちひさき火花をもて来

をさな児とオセロゲームをする葉かげ洩る陽が杳し狂ひゆきたし

山彦《やまひこ》

ひそやかに天《あめ》が露置く草の野をあらぶり踏める者ある夜ふけ

夏のにぶき銀箔を張る鳰のうみ過ぎ山科を過ぎひくき雲

桔梗むらさき月夜の村をさわがせたる水盗人は山彦やもしれぬ

踏み入ればそこより閉づる杉木立身を挽くごときのこぎりの音

むかしをとこは野分の風も喰ひしとぞ山彦の喉鳴れりうつろに

武具を持たずただ手ぢからとやさしみと光る骨格を山彦と呼ぶ

抱かむとするに狭霧は流れそみ山彦が山へかへる朝なる

人界をとほのくほどに草の穂がかがやくころか山嶺は見ゆ

陽も入らぬまづしき家に汝が残せし水時計日時計もろもろの時計

秋の鋼

鳩は歳をとらずや刻《とき》を読みたがへずやにはかに暗し時計の背後

夜もすがら雪は陶土の山へ降り生きものの耳も濡れて立ちゐる

めぐり逢ひしひとりひとりを数ふれば死者の眼のやうな秋の敷石

虫の音はしづみかぎりもなくしづみ月は光の投網を放つ

輪郭をやがて消せよと吹く風を陶土《つち》採る山の坂に聞きたり

春あはき教室に子が置き忘れたる湖《うみ》のあをさの三角定規

ほろびゆきし書体をおもひ海をおもひ見てをりぬただ慕といふ文字を

終の日まで人には告げぬこころもて照りわたるなり秋の鋼《はがね》は
残しおく風と空と木木に

ステージにコントラバスの椅子のみを残し暮れゆく夏至の一日が
平家琵琶は弾かれず夏至の闇に立ちみづからのおとひくく蓄ふ

生涯越えかねつるおもひ風に鳴りわたしより丈たかき穂すすき

あれは想ひの器にあるものを天空の水がめのみづ男がこぼす

立冬の風が砥をなす空の下あらがふものは磨かるるなり

ひつそりと世阿弥を読める隣室へ誰か来て弾くフランス組曲

御岳が見ゆる冬の日わたくしたちは頽廃にとほく聴けりショパンを

II

ブックカバーのつばさ

ビルを洗ひ並木を洗ひ夏の大気を冷やし身も砕けよとやなんといふ雨

地上の街から地下の街へと秋風はながれてカットグラスを鳴らす

地下より出づる階段につと月が射しブックカバーのぎんいろのつばさ

秋冷の都市に通夜あり棺に触れそのまま持ちて来たりし月光《ひかり》

見も知らぬ虫の名ばかり言ひ競ふ無益なもののうつくしき夜に

ブランコを漕ぎいだすとき視野に入る古代の空とオニクルミの木

秋冷と書きしはがきを持て歩むクラナッハ展都市に来る秋

群青

秋立つと記す青インク蕭蕭とのぼりひろごる果てなき空へ

ふかくふかく吸ふ秋の彩《いろ》肺胞はいまあざやかな陽のステンドグラス

湖は空を空は湖面を内に染め汲みつくすことなき今日の群青

ステージは男が多しイングリッシュホルンが吹き出すぎんいろの符も

春よ、胸のハープシコード奏づれば木木は光の衣をぬぎゆく

それは北欧の木のころあかつきの空を染めゆくバスクラリネット

先を行く猫が消えたる月あかり青葱畑は磁石のにほひす

運動会は順延にしてみづたまりにひかりてゐたるひとつ椎の実

人はうそをまことしやかに言ひ交はしつやつやと照る月下の棕櫚の木

山椒魚

水底までも春ぞ春ぞとつぶやけりあばたのおほき山椒魚が

月が満ち欠くるも不思議のひとつにて春近き夜に鳴り出すケットル

がうがうとさくら花びらうづを巻き馬蹄形なす春のおほぞら

胃薬を買ひかへる夜の星つぶて溶けゆくまでを見上げてゐたり

家に棲む霊も出でよとひくく打つ柱時計もともに旧りにき

天空をながるるさくら春十五夜世界はいまなんと大きな時計

わがものにあらねど

微生物ひきつれ弥陀はたたなづく青垣を越ゆしたしたと越ゆ

やはらかに黄の色満つる月の野辺合掌を解く仏も女性《によしやう》

いつぴきのうさぎいつぴきの鬼さへもわがものにあらねど雨後の街映ゆ

微熱のやうな抒情ひとつを部屋に置き朝風の街へ歩み出だせり

「泣いた赤鬼」

月かうかうかうゐんどうの丈草のたけ身丈といふはさびしきものを

むかしばなしの窓の外は夜かみそり木がざわざわとみな歩みはじめぬ

べくべからべくべかりべしべきべけれすずかけ並木来る鼓笛隊

男ゐて「泣いた赤鬼」のものがたりつづけひすがら地は冷えてゆく

地はこれ以上水を含めず天に向けするどき尾根を張りさし出だす

骨

「返させたまへ」そよろ秋立つ日の暮れに言ふ「その徒《かち》を返させたまへ」

人よ、たやすく呼ぶなかばふなさむざむと地のゆふあかね歩みきるのみ

祭りの馬も帰りゆきたる畦は凪ぎ画布に引けざるわが秋の彩《いろ》

京よりの連歌師も来てこころづくしの飲食はありとおもふ秋の日

ほうやれほうやれこころに落つる人影を振りはらへば紅葉つもるばかりぞ

石をもて父なる棺を閉ぢしとき野の警報機鳴りにけらずや

別称

こよひはたれが逝く斑鳩の参道をまつすぐに来る無人の自転車

外はしぐれてやがて澄みゆく瑠璃の夜半かたき冬茄子をおもひはじむる

わたくしといふ別称をもて信濃路のみるいろの風のなかへ入りゆく

金星が消ゆるを見たりされど夕餉のひそやかな音たつる家家

こよひざわめく

黙ふかきよもぎを分けて来たるかなゆふべ塑像に灯を捧げむと

にんげんににんげんの血を輸血するさみしさ冬のほほ樟に寄す

こののち生きて誰れをうしなふ月光にさわだつ今日の欅・樟の木

ながらふる木の国のうた天平の牡鹿も聞きしはるかなるうた

花をたづねて人来る頃ぞ亀石も笑ふ猿石も笑ふ明日香早春

いかるがは無風菜の花昼日なか瓦の鬼もつとねむりたり

竹ありき

とろとろとひとのねむりもゆるびゆき銀河の中を漕ぎ来る牛車

吾《あ》をかこむ青千本のあさの竹垂直に千の死が鳴りわたる

見ゆるもの聞こゆるものをなべて断つ竹林に終日ゆきの音ゆきの彩《いろ》

水飲めば水飲む疲れ土踏めば土踏む疲れこの寒の月

ふりかへりまたふりかへりひとすぢのかなしみのなかへおりてゆく夜

君と吾《あ》が一歩をへだて今生の竹ありきそののちの世にも竹あり

やさしきものに逢ひたし

寒月光射し入る土中かそかにかそかにひとの想ひの甕が鳴りゐる

影の長さはむかしむかしの日のながさ陣取りをする樟の木の下

やはらかくげにおほらかなこころもて地を測りしや弥生の尺度

鳴りいづる琴にしあれば弥生人《やよひびと》はちひさき掌なり白雲ながる

書庫の内にも霜降るやうな冬の日にしたたしき一書夕暮遺歌集

地に落ちて種子はひかりをはぐくむと杜の神馬の眸が言ひしかな

冬の掌上ほのかに明かる語彙がありいづれの星に咲くれんげさう

やさしく低く朝けの風に呼ぶこゑとなりて歌はむ樟の木のうた

星に名もなく日月《じつげつ》もなき久遠の地おもひみよとぞ望月は照る

ふしぎな楽器（抄）

一九八六年十二月二十四日発行。沖積舎刊。
A5判・上製・百十二頁。
短歌百三十八首、エッセイ五篇を収録。解説・栗津則雄。

I

あはれしづかな東洋の春ガリレオの望遠鏡にはなびらながれ

春雷が今し過ぎたる路上より起ちしなやかに*f*《フォルテ》は歩む

血なまぐさくされどあかるく飛鳥板蓋宮の桃の木どんぐりの木よ

踏み抜きてにがにがしくも肉に入る月夜の釘やぬきさしならぬ

この春のうるめいわしを食ふ夜ごろなつかしくありむかしをとこが

お話をはじめませうか「世界がまだ若く五世紀ほどまえのころには……」

白梅にほのかな紅は兆しそむこよひ老いたるひとも装ひ

山ぎはをとろとろ月はのぼり果て蒟蒻村まで四里さらに四里

伊勢の国春爛漫の樹下に置けばまことちひさし宣長のくつ

古事記に言ふ「——山の熊白檮《くまかし》が葉を髻華《うづ》に挿せその子」その子にあらねど

桃の木もひな人形も月光もこの世にあればみなまぐさし

人去りて闇に遊ばす十指より彌勒は垂らす泥のごときを

譜を抜けて春のひかりを浴びながら歩むf《フォルテ》よ人体のごとし

たれをも許ししかも許さぬ中庸や東洋のぎんいろのゆふぐれ

聞こゆるは中世歌謡　燦燦と天道をゆく大かたつむり

「東長安、西はペルシャ」ところゑに出し春の盃重ね合はする

回廊に争ふをとこのこゑはして千夜一夜の夢をまた見む

或る夜東海道五十三次の人物をかぞへはじめたり　男正丁女丁……

春秋人を待たずといへど歩み来る長身はいまたをやかな *f*《フォルテ》

高麗人は装ひをとき韻を解きほのかにひとをおもひそめにき

「ひいふうみい……九つここにも禿があり」橋の擬宝珠叩いて渡る

西へむかふ絵師をば見ずや石薬師過ぎどしやぶりの広重の空

ぽこぽこと真昼の木魚終日をやはらかなからたちの棘へ降る雨

終日を若草に降る雨のおと聞きつつおもふ「山椒魚」その後

洛陽はまだ見ずローマを見ずリヨン・サマルカンドを見ずパリも見ず

頭蓋骨ほどのさいころ打ち振れば曇日の天「ふりだしにもどれ」

雨季ながし葉ざくらの幹に寄りかかりゐるあれは幾百歳の宣長

ここはアヴィニョンの橋にあらねど♩♩♩曇り日のした百合もて通る

負けひとつ　さあれ机上の辞書も閉ぢ今日いちにちの幸ひを聴く

ジャングルジムをまはり藤棚をくぐりぬけまだついて来るあひるの阿呆

白湯をうまさうに飲みものがたりのをとこは京へ帰りゆきたり

空いちめん布雲を風がはためかすこのおほらかなめぐりグレゴリオ暦

大男が梅雨明けちかき街に来てそらの滑車をまはしはじめる

夏近きこの天と地の黎明を見よ　たをやかに聴けるジュピター

一瞬をひかりとなりてひるがへりツバメはわが身抜けてゆきたり

梅雨晴れのふとまばゆさを増す空にモーツァルトの靴音がする

I

II

まつすぐ太く夏の地面に描く名前　丈が伸びゆく太郎と次郎

モーツァルトが椋鳥を飼つてゐたことそしてその椋鳥のうた

人体はあからさまなる楽器にて青空を背に来るパパゲーノ

*

くわつと照る陽をまたくわつと押し戻し都会は熱き方形のつらなり

身の内に旧き詩型をうちしづめさくらは浴びる夏のひかりを

簡潔でしなやかな背とおもふまでトロンボーンは男の楽器

なべて地上の音は空へと吹きのぼりそこのみしづかな真昼のカンナ
かんかんと陽は照りながら長塀町《ながへいちやう》うしろから来る泥棒被り
飛行機のすがただに見ず紺碧の空へ白線が引かれたるのみ
都市は正午のみじかき休止澄明な沓音がそらを渡りゆきたり

＊

伯爵邸の大道具に頭《づ》を凭せゐるゲネプロの間《ま》のさびしいフィガロ

都市の上空寝待ちの月がゆつくりとわたりゆき浴室のアルペジョーネソナタ

打楽器はごんぼごんぼと闇を打ちアフリカの月膨張しはじむ

かの楽器は男の胸の空洞に似てしたたしき音ヴィオラ・ダ・ガンバ

「小声で歌う胃のアーリアが聞こえたので」と十八世紀の男の手紙

暑気払ひ　否、あざやかに決めたるは一本背負ひ　つくつく法師

大外刈を決めたる後にさびしからむ人は畳に人を倒して

雨の街はシンフォニーのやうだとあの大ぼら吹きのトランペット吹き

＊

大男が力まかせに撞く鐘に山中の櫟どつと散るなり

Generalpause　その一瞬に鳴りたるは過ぎゆく秋の野の警報機

されど楽器は天与のものと言ひ放ち酔つぱらひのクラリネット吹きも友人

篠懸が纏ふすずかけいろの翳くぐりぬけチェロその他を運ぶ

すず虫の鈴身の内に振り外に振り地の底に振り天に振り

誰もをらぬホールを通りぬけむとし振りかへればオーケストラピットに秋の陽

秋天の藍のましたに円座成し縄文人ももの食ふころぞ

＊

この世なるふしぎな楽器月光に鳴り出づるよ人の器官のすべてが

月光はねむり入るきはにわたくしの関節をすべてはづしてしまふ

死者の気管もころころころと鳴りそむる　月出づれば世のものみな楽器

ただ一挺の天与の楽器短歌といふ人体に似てやはらかな楽器

天分は塩にも似よと全身に月の光を浴みておもへる

歌よその天与のうつは差しのべて盛らなむ秋の碧《あを》のかぎりを

III

立つたままダビデの像がねむりたれば歩きはじめるロビーのゴムの木

振りむけば官位のことを気に病める定家もゐたり秋の陽のなか

これに盛りうたびとのこころはかりなむ　中世の枡・近世の枡

「歌はリアルでなければならない」と言ふ男の背丈美しからず

万象無言天体はただ運行すしづかに秋の語彙をしたがへ

現職の死亡が多き窓のそと柿はしづかに熟れてゆきたる

ワイシャツにも羽根などあらば楽しからむに男が運ぶシンプルな白

吹きだまり裂け冬雲は　度量衡換算表を見てゐたれども

夜もすがら雨滴は窓をつたひ落ち奇妙にやはらかなハプスブルク史

現代といふ傲慢な発想法　あらあらしくも日輪まはる

どぶねずみされど一夜は盛装の男女にて聴くドヴォルザークを

騎士団にも財務官書記官そしてまた伝令使その他の属官ありき

折りたためばわたしは小さな蝙蝠傘になるだらう今日こんなに疲れ

じわじわと締め付けらるるこの夜明けなば大かたつむり喰はむとおもふ

今宵わたしはただ一挺のチェロとなり月の路上によこたはりたし

白鳥を喰ひしむかしのものがたりくりかへしくりかへし爺さまの冬

「風来坊」に入りぎはわたくしのみが聞く初冬の風のこゑ　ふ・う・ら・い・ば・う

山野へとこころは遊ぶたそがれのきつねのゑふでなんばんぎせる

官庁の機構も止まり休日のひとときはしづかな都市の銹色

おのれつつしみつつつしみ帰る頭上には橡の実のひとつひとつがひかる

風をもて天頂の時計巻き戻す大つごもりの空が明るし

天井に蜘蛛がゆつたり張り渡す銀糸はやがてわたくしへ及ぶ

高熱のまどろみのそことろとろとかたちうしなひゆくヴァイオリン

ボルガ・ネヴァ・ドニエプル・ドン・アムールと名を言へばその姿が見たし

今見たきはレオナルド・ダ・ヴィンチ素描集『風景、植物および水の習作』

K.594「時計屋のためのアダージョ」聴きたし睦月きさらぎ過ぎて

「斜め雨だれ」「二つ雨だれ」「斜め二つ雨だれ」並べ　並べて今日は

丈たかき斥候《ものみ》のやうな貌《かほ》をして*f*《フォルテ》が杉に凭れてゐるぞ

日曜日いくつ過ごしてわたくしは死ぬのだらうか　ただただに雨

編集ノート＃

石川美南

歌人・永井陽子初めての文庫として、『永井陽子歌集＃《シャープ》』『永井陽子歌集♭《フラット》』を二冊同時にお届けする。

「＃」には、歌集『モーツァルトの電話帳』（一九九三）を完本収録したほか、歌集『なよたけ拾遺』（一九七八）、歌集『樟の木のうた』（一九八三）、歌集『ふしぎな楽器』（一九八六）を抄録した。「♭」には、歌集『てまり唄』（一九九五）を完本収録したほか、遺歌集『小さなヴァイオリンが欲しくて』（二〇〇〇）、句歌集『葦牙』（一九七三）を抄録し、略年譜を付した。九〇年代に出版された二冊を「＃」「♭」それぞれの軸に据えた上で、最初と最後の作品集を「♭」に、それ以外を「＃」に振り分けた形になる。

＃

やや変則的な構成になっているのは、意図がある。永井陽子は、短歌における「私性」——定義の難しい言葉だが、ここでは仮に、短歌のなかに表れる作者の実人生の歩みや生活の影、としておく——に意識的な歌人だった。もちろん、生身の人間が書く以上、私性から完全に解き放たれることは不可能だ。しかし、制作年の重なる『モーツァルトの電話帳』と『てまり唄』では、明らかに私性の濃度が異なっている。そこで今回は、私性と一定の距離を保っている歌集を「＃」に、比較的私性の濃い歌集を「♭」に収めることにした。いわば、同じコインの表裏……と言っても、どちらが表でどちらが裏という訳ではない。それぞれの世界をお楽しみいただければ幸いである。

＃

本書に収録した歌集について、簡単に紹介する。

＃

完本収録した『モーツァルトの電話帳』は一九九三年刊、百八十首。電話帳を模して五十音順に短歌が配列されている。この本自体が、街角の電話ボックスからモーツァルトが持ち去った一冊の電話帳なのだという、不思議な趣向だ。人名や固有名詞の入った歌を意識的に多く入れているのも特徴で、ページによっては『虞美人草』とエジソン、寛永通宝がたまたま横並びになっていたりするのが楽しい。刊行から三十年以上が経過しているが、今読んでも一向に古びた感じがしないのは、時間と空間をあっという間に飛び越えていく歌たちの軽やかさによるところが大きいだろう。

あまでうすあまでうすとぞ打ち鳴らす豊後《ぶんご》の秋のおほ瑠璃《るり》の鐘
大雨が空を洗ひてのちのこと芭蕉がまたしても旅に出る
ひまはりのアンダルシアはとほけれどとほけれどアンダルシアのひまはり
妙にあかるきガラスのむかう砂丘よりラクダなど来てゐるやもしれぬ
ゆふさりのひかりのやうな電話帳たづさへ来たりモーツァルトは

一首目は巻頭歌。ヴォルフガング・アマデウス・モーツァルトのミドルネームと日本の秋が結び付けられており、いきなりスケールが大きい。ひらがな書きの「あまでうす」が柔らかく、韻律も、まさにモーツァルトの音楽のように伸びやかだ。しかし、「豊後」「鐘」

という言葉に注目して読むと、別の一面が見えてくる。豊後といえば、隠れキリシタンの国である。作者は、打ち鳴らされる鐘の響きのなかに、キリスト教の神との密やかなつながりを聴き取ったのではないか。そういえば「あまでうす」は、「尼／デウス」と読み替えることもできる——。そこまで考えてから改めて韻律を味わい直すと、明るいa音から始まった歌が「打ち鳴らす」「豊後」とu音でくぐもり、「おほ瑠璃の鐘」でo音に深く沈んでいくことに気づく。重い歴史を身に秘めながら、韻律はあくまでも音楽的で心地良い。その辺りに、永井陽子の歌の秘密があるのかもしれない。

二首目。大雨の後のすっきりとした快晴に、松尾芭蕉の出立を想う歌だが、「またしても旅に出る」と現在形で記されていることで、芭蕉が今まさに庵から出たばかりであるかのような臨場感が生まれている。

三首目は、究極のミニマル短歌ともいうべき構造を持つ。上の句「ひまはりのアンダルシアはとほけれど」で遠のいていった向日葵が、反転された下の句で一気に目前に迫ってくる。仮名書きのみの表記も含め、極限まで単純化されているからこそ、遠い世界への憧れがストレートに伝わってくる一首だ。

『モーツァルトの電話帳』は、河出書房新社の「同時代の女性歌人」シリーズ（全十五冊）の一冊として刊行された。俵万智、道浦母都子、林あまり、井辻朱美、早坂類、今野寿美、米川千嘉子、栗木京子……と、同時代の先端を走る多彩なメンバーが揃い、大変充実したラインナップだった。後年聞いたところによればこのシリーズは、全国の学校図書館に一斉配本されたのだとか。図書室で手に取って短歌の世界に魅了された人もきっといることだろう（何を隠そう、私はそのようにして『モーツァルトの電話帳』と出会ったのだ）。

#

『なよたけ拾遺』は、一九七八年刊。順序としては、『葦牙』に続く二番目の作品集ということになる。短歌三百四十七首（うち四首は短文と合わせた歌物語形式）のほか、評論「式子内親王――その百首歌の世界――」が収録されている。

人ひとり恋ふるかなしみならずとも夜ごとかそかにそよぐなよたけ
警報機鳴るやもしれぬうつし世のさくらのやみのにほふばかりを
そこだけがそんなに青くやさしいのなら耳よ、白衣を着て歩け

かごめかごめうるしもみぢの輪の底ひちひさき鬼は眸を閉ぢてゐる
うつむきてひとつの愛を告ぐるときそのレモンほどうすい気管支

一首目は、巻頭の連作「なよたけ拾遺」から。竹取物語をテーマにした歌物語風の一連で、古典和歌の世界を現代に呼び込むような、大らかな歌いぶりが魅力だ。

今回、散文はすべて割愛してしまったのだが、評論「式子内親王――その百首歌の世界――」は、王朝和歌の時代に始まった百首歌という形式を詳細に分析し、式子内親王と百首歌の関係を論じた大作である。式子内親王は現実に生き尽くす場所を持たなかったからこそ百首歌という虚構の文学空間のなかを生き尽くしたのだという考察は、この時期の永井陽子自身の短歌を読む上でも大きなヒントになるはずだ。こちらも今回は外してしまったが、歌集中には、

朝な夕なわが名を呼ばふたましひのしづかにひかる空を忘れぬ

など、式子内親王の影響が直接的に感じられる歌もある。

恋愛歌の印象の薄い作者だが、五首目のような控えめな愛の歌は、初期の作品から晩年に至るまで、密かに作られ続けていく。

一九九一年に『なよたけ拾遺』から百三十七首を自選した『なよたけ抄』（沖積舎刊）が出ている。永井陽子自身にならって今回も百三十七首を選ぼうと試みたが、好きな歌が多すぎてどうしても絞り切れず、『モーツァルトの電話帳』の歌数と同じ百八十首の抄録とした。なお、

たれを想ひそむるにあらず落陽をこばみ一瞬まばゆき稲穂

については、元の歌集・全歌集では「落陽」が「落葉」となっていたが、校了間近のタイミングで、加藤隆枝さんより重要なご指摘をいただいた。なんと加藤さんの手元には永井陽子自身が鉛筆で書き込みを入れた『なよたけ拾遺』があり、そこでは「葉」が「陽」に訂正されていたのである。私は、上から散りかかってくる落葉に対抗する稲穂の歌かと思っていたが、改めて読むと、陽が落ちるのを拒んで光を放つと取ったほうがしっくりくる。本書では、「陽」を採用することとした。

#

『樟の木のうた』は一九八三年刊。短歌二百八十首を収める。

みづびたしの天を歩みてかへりゆく父の背のすぢにほふ樟の木
鶴一簇しづかに燃ゆるひとはねむり草木も耳を閉づる世界に
ひつそりと世阿弥を読める隣室へ誰か来て弾くフランス組曲
べくべからべくべかりべしべきべけれすずかけ並木来る鼓笛隊
いかるがは無風菜の花昼日なか瓦の鬼もつとねむりたり

樟の木は、作者がこよなく愛し、繰り返し歌に詠んだ木である。春日井建は歌集の解説で、「彼女は積極的に遠くを、後ろを、失われたものを見ている。そこには、想像力の貧しく、倫理の衰弱し、うたの滅びた現代に対する批評がある」と看破した。古いものや遠いものにこそ心を許せるという感覚は青春期の典型のひとつだとも思うが、永井陽子の場合はその感覚を生涯にわたって持ち、作家性の芯として大切に育て続けた。丈高い樟の木や亡き父は、遠いからこそ懐かしいものたちの代表格と言って良いだろう。

四首目は、代表歌のひとつとして広く知られている。助動詞「べし」の活用形を鼓笛隊の演奏の擬音に用いた大胆さに驚く。音楽好きの作者であるが、鼓笛隊のように強制的に組織された音楽のあり方は、おそらく好まなかったのではないか。「べくべからべくべかりべし」という音はユーモラスだが、そこには当然、「べし」の義務的なニュアンスが織り込まれているのである。

#

『ふしぎな楽器』は一九八六年刊。短歌百三十八首とエッセイ五篇を収める。

ここはアヴィニョンの橋にあらねど♩♩♩曇り日のした百合もて通る

「小声で歌う胃のアーリアが聞こえたので」と十八世紀の男の手紙

この世なるふしぎな楽器月光に鳴り出づるよ人の器官のすべてが

丈たかき斥候《ものみ》のやうな貌《かほ》をして*f*《フォルテ》が杉に凭れてゐるぞ

あはれしづかな東洋の春ガリレオの望遠鏡にはなびらながれ

あとがきに、「三十一音の短歌形式は、実にふしぎな楽器である。（中略）できることなら、この楽器の持ついちばん自然で美しい音を奏でてみたいと思う」とある。ごく初期からそういう傾向はあったが、『ふしぎな楽器』では、音楽との親和性がより高められている。ただし、作者の思う「いちばん自然で美しい」韻律とは、必ずしも五七五七七のリズムをきっちり守ることではない。たとえば一首目の初句・二句は、「ここはアヴィニョンの（八音）／橋にあらねど（七音）」。続く三句目の「♩♩」は、童謡「アビニョンの橋の上で」冒頭の一小節が丸ごと挿入されているイメージで、たっぷり八拍分取るのが良いだろうか。上の句で定型を揺らすことで、下の句の端正な七七がすっと入ってくる。そうしたリズムの緩急の付け方が、非常にチャーミングなのである。

この歌のように、短歌に記号が登場するようになったのも『ふしぎな楽器』からだ。いわゆる短歌のニューウェーブ世代になると、記号を用いた短歌が様々に試みられるようになるが、永井陽子はそれに先んじて「♩」や「*f*」を取り入れていた。作者の場合、記号による短歌表現の拡張という目的意識が先にあったのではなく、短歌の音楽性を追求していく過程で、必然的に記号が使われていったように思われる。

五首目も代表歌のひとつ。三好達治「甃のうへ」の「あはれ花びらながれ」というフレーズを巧みに取り込みつつ、桜の小さなはなびらを、ガリレオ・ガリレイが覗く望遠鏡の前にひらひらと漂わせて見せる。短歌という器が持つ力を存分に使った魔法のような一首だ。

#

携帯電話が普及して久しい。電話ボックスも、そこに置かれる分厚い電話帳も、よほど意識しなければなかなか街中で見つけられなくなってきた。けれども本書が、深夜そっと永井陽子の家につながる小さな電話帳になってくれたらと、願っている。

#

本書から読み始めた方は、ぜひ「♭」も手に取っていただきたい。そして、永井陽子の歌業の全貌を知りたくなったら、『永井陽子全歌集』(青幻舎)を読んでいただきたいと思う。

最後に、このたびの出版を許可してくださったご遺族の伊藤邦子さん、貴重なアドバイスをくださった加藤隆枝さん、「♭」の略年譜を作成してくださった宇田川寛之さん、そして、遅れに遅れた原稿を辛抱強く待ち、きめ細やかに整えてくださった短歌研究社の國兼秀二さん、水野佐八香さんに、心からお礼を申し上げたい。ありがとうございました。

永井陽子《ながい・ようこ》

一九五一年、愛知県瀬戸市生まれ。十代から短歌に親しむ。六九年「短歌人」入会。七八年、『なよたけ拾遺』で現代歌人集会賞、九五年、『てまり唄』で河野愛子賞受賞。二〇〇〇年没。二〇〇五年、『永井陽子全歌集』刊。

石川美南《いしかわ・みな》

一九八〇年、神奈川県横浜市生まれ。十代から短歌に親しむ。歌集に『砂の降る教室』『裏島』『離れ島』『架空線』『体内飛行』。二〇二〇年、第一回塚本邦雄賞受賞。

二〇二五年三月一日　第一刷印刷発行

永井陽子歌集 ♯《シャープ》
『モーツァルトの電話帳』その他

短歌研究文庫〈新な―1〉

著者　永《なが》井《い》陽《よう》子《こ》
編者　石《いし》川《かわ》美《み》南《な》
発行者　國兼秀二
発行所　短歌研究社
郵便番号一一二―〇〇一三
東京都文京区音羽一―一七―一四 音羽YKビル
電話 〇三―三九四四―四八二二・四八三三
振替 〇〇一九〇―九―二四三七五番
印刷・製本　大日本印刷株式会社
ブックデザイン　鈴木成一デザイン室＋宮本亜由美
ISBN978-4-86272-794-7 C0092

短歌研究文庫目録